D1649557

WITHDRAWN

y la vuelta al mundo
en ocho días y medio

Judy Moody

y la vuelta al mundo en ocho días y medio

Megan McDonald

Ilustraciones de Peter H. Reynolds

ALFAGUARA

Título original: *Judy Moody Around the World in 8 1/2 Days*
Publicado primero por Walker Books Limited, Londres SE11 5HJ

© Del texto: 2006, Megan McDonald
© De las ilustraciones y la tipografía de "Judy Moody": 2006, Peter H. Reynolds
© De la traducción: 2006, Vanesa Pérez-Sauquillo
© De esta edición: 2008, Santillana USA Publishing Company, Inc.
2105 NW 86th Avenue
Miami, FL 33122, USA
www.santillanausa.com

Dirección técnica: Víctor Benayas
Maquetación: Silvana Izquierdo
Coordinación de diseño: Beatriz Rodríguez
Adaptación para América: Isabel Mendoza y Gisela Galicia

Aguilar, Altea, Taurus, Alfaguara, S.A. de Ediciones
Beazley, 3860. 1437 Buenos Aires. Argentina

Editorial Santillana, S.A. de C.V.
Avda. Universidad, 767. Col. Del Valle
México D.F., C.P. 03100. México

Distribuidora y Editora Aguilar, Altea, Taurus, Alfaguara, S.A.
Calle 80, nº. 10-23. Santafé de Bogotá. Colombia

Judy Moody y la vuelta al mundo en ocho días y medio
ISBN–10: 1-59820-840-3
ISBN–13: 978-1-59820-840-5

Published in the United States of America
Printed in Colombia by D'vinni S.A.

Para las bailarinas de tarantela de la tropa Girl Scout 997

M. M.

Para mis hermanos y hermanas, Andrew, Jane, Paul y Renee,
que nacieron alrededor del mundo

P. H. R.

Índice

Quién es

Judy Moody

Socia del club Mi Nombre
Es Un Poema, con
credencial superoficial

Papá

Único en su especie

Mamá

Original e irrepetible

Nellie Bly

La reportera intrépida.
Dio la vuelta al mundo
en 72 días, 6 horas,
11 minutos y 14 segundos.

Quién

Stink McTontink,
fratellino, "mocosino"

Frank el Patank,
alias Earl Pearl

Rocky el Notehabloqui

Amy Igual-Igualey-mi
Niña reportera
masçadora de chicle

La rima se aproxima

La niña tenía un bloc y una carpeta. La niña llevaba una falda azul a cuadros como de uniforme escolar, y no uno, sino DOS relojes. La niña tenía un lápiz detrás de la oreja. La niña llamaba bastante la atención por sus gafas de color verde azulado.

La niña llegó hasta la mesa de Judy Moody en el comedor y se dejó caer en una silla justo al lado de Rocky y Frank, los amigos de Judy.

Ella, NO Judy Moody, parecía que estaba de un humor periodístico.

"Pero, ¿quién será esa niña de gafas que se da tanta importancia?", se preguntó Judy.

—Amy Namey, la niña reportera —se presentó ella—. ¿Hay noticias frescas?

—Ummm...Fresco...Fresco y refrescante está el helado de chocolate de la heladería Mimí.

—No me refería a los helados, a menos que sean una verdadera noticia. Soy reportera. Como Nellie Bly, la reportera intrépida —aclaró.

Ella, Judy Moody, no daba crédito a lo que sus oídos escuchaban.

Frank preguntó:

—¿Igual que Elizabeth Blackwell, la primera mujer médica?

Judy se inclinó para acercarse a ellos.

—¡Verificado! —dijo la niña. Escribió algo en un papel que estaba dentro de su carpeta—. Soy de la clase de la señorita Valentine, también de Tercero. ¿Puedo hacerles algunas preguntas? Son para mi periódico.

—¡¿Tienes tu propio periódico?! —se asombró Frank Pearl.

—¡Claro! —exclamó Amy.

Y justo entonces, la superimportante niña periodista le acercó un bote de ketchup a manera de micrófono.

—¿Cuál es su comida favorita de la escuela? —comenzó—. ¿Pizza, pollo o tostadas?

—Las tostadas son para desayunar —observó Judy.

—¡Pizza! —contestaron Rocky y Frank al mismo tiempo.

—¡Verificado! —respondió la niña. Marcó algo en el papel de su carpeta.

—Yo traigo mi comida de mi casa —señaló Judy.

—¿Cuántas veces a la semana deberían dar pizza en el comedor? —prosiguió Amy.

—Tres —dijo Frank.

—¡Cinco! —gritó Rocky—. ¡Todos los días! ¡Con queso extra!

—¡Verificado!

Pero bueno, ¿quién era esta niña reportera de pizza con carpeta, que iba marcando cosas en una lista? ¿Y por qué Rocky y Frank, los mejores amigos de Judy, estaban hablando con ella?

—Tú no puedes conseguir que nos den pizza todos los días en el comedor —opinó Judy.

—¿Y por qué no? —preguntó Amy—. Mi madre conoce a las cocineras. Además éste es un país libre.

—¡Oye, eso es lo que siempre dices tú! —le señaló Frank a Judy.

—Yo nunca digo eso.

—¡Sí lo dices! —afirmaron Rocky y Frank al mismo tiempo.

—Pregunta número tres —siguió la niña—: ¿Qué más les gustaría cambiar de la escuela Virginia Dare?

—¡Que hubiera máquinas de caramelos! —gritó Frank.

—¡Y una piscina! —contestó Rocky.

—¡Y una pista de patinaje! —añadió Frank.

—¡Que no existiera el día de la foto escolar! —propuso Rocky.

La niña iba escribiendo tan rápido como le hablaban.

—Ni reporteros de pizza dándonos lata a la hora de comer —dijo Judy.

La niña paró de escribir. Esta vez no contestó "¡Verificado!".

Judy no pudo resistir la tentación de entrar en el juego de la entrevista.

—Espera. ¡Tengo una idea! ¡En serio! — exclamó Judy—. ¡Que nos dejen mascar chicle en clase!

—Ajá —dijo Rocky.

—¡Sí! —gritó Frank.

—¡Verificado! —afirmó Amy.

—Así podría seguir con mi colección de chicles YM en la escuela —dijo Judy—. Comenzaría una nueva debajo de mi pupitre. Así no sólo la tendría en casa, en la lámpara junto a mi cama.

La niña periodista estaba tomando nota de nuevo.

—"YM" significa "Ya Masticados" —explicó Judy.

—Si, ya lo sé —repuso Amy—. Yo también colecciono chicles. Y estuve en la mejor colección de chicles YM, en la más grande del mundo.

—¡¿Qué?! —se asombró Judy.

—¡Déjame que te cuente! —dijo la niña—. Es el Callejón del Chicle. En California.

—Yo conozco el de Boston —dijo Judy.

—Estuve allí en las vacaciones de verano. Vas caminando por ese callejón entre dos edificios y hay un Muro de Chicle a cada lado. Chicles masticados que la gente ha pegado allí. Hay quienes incluso hacen dibujos y cosas por el estilo con ellos. Yo mastiqué cinco bolas del chicle negro de la máquina que tienen allí y las pegué en el muro.

—¡Imposible! —Rocky estaba impresionado.

—¡Posible! —replicó la niña—. Es como un Rincón de la Fama del Chicle. O un Muro de la Fama del Chicle— Amy soltó una carcajada.

—¡Doblemente genial! —dijo Frank.

—Yo encargué un juego de Haz Tu Propio Chicle —comentó Judy.

Nadie pronunció una palabra.

—¡Me encantaría ver un Muro de Chicle! —exclamó Frank.

—Pues yo tengo una foto en la que aparezco delante del muro —dijo la niña—. Salió en el último número de mi periódico, ¿ves? —sacó de la carpeta una hoja.

MURO DE CHICLE

—¡Oh! —se emocionó Rocky—. Qué increíble. ¡Mira todo ese chicle masticado!

—¡Guau! —exclamó Frank admirado—. ¡De verdad estuviste allí ...!

—Yo salí una vez en un periódico de verdad —comentó Judy.

—Sí, salió tu codo —dijo Rocky.

Frank y Rocky se rieron.

—Gracias por sus ideas —dijo la niña—. Tengo que hablar con el señor Todd.

—¿El señor Todd? Ése es nuestro maestro —observó Judy.

—Lo sé. Me va a conceder una gran exclusiva.

—Nosotros ya sabemos que se va a casar —intervino Judy.

—Judy intenta adivinar el futuro —explicó Rocky.

—Y una vez dijo que el señor Todd se iba a casar. ¡Y es cierto! —anunció Frank.

—¡Guau! —dijo la niña—. ¡Ésa sí que es una primicia!

Judy se enderezó en su asiento.

—¿Los periodistas de verdad llevan lápices en las orejas? —preguntó Frank.

—¡Verificado! —afirmó Amy, y luego miró sus dos relojes—. ¡A otra cosa mariposa! —se despidió, poniéndose el lápiz detrás de la oreja.

—¡Guau! —exclamó Frank—. ¡Esa niña es igual que tú, Judy!

—¡Nopo! —protestó Judy.

—¡Sipi! —dijeron Rocky y Frank al mismo tiempo.

—Son como gemelas o algo así —insistió Frank.

—Son tal para cual —siguió Rocky.

—Entonces nos llamaríamos igual.

—Amy Namey. Judy Moody. Su nombre rima con su apellido. Y tu nombre también rima con tu apellido. ¡Igual-igual! —dijo Frank.

—¿Y qué? Ella tiene el pelo largo, bien peinadito, y se le hacen hoyuelos al sonreír. Además lleva gafas —se defendió Judy—. Yo no llevo gafas.

—Se viste como señora, la primera mujer reportera —dijo Rocky.

—Yo sólo me vestí una vez como Elizabeth Blackwell, la primera mujer médica.

—Y colecciona chicles YM y le gusta que aparezca su foto en los periódicos —señaló Frank.

—Y no olvides que consigue noticias —siguió Rocky—, que es como intentar adivinar el futuro.

—Probablemente también le gusten las curitas y las mesitas de plástico que vienen en las pizzas —opinó Frank—. Deberíamos preguntárselo.

—Y dice cosas raras, como "¡Verificado!", todo el tiempo —añadió Rocky.

—Yo no digo cosas raras todo el tiempo —protestó Judy.

—Es como si hubieran tomado una máquina y te hubieran hecho una copia —concluyó Rocky.

—¡A lo mejor es tu clon! —exclamó Frank.

—¡Grrr! —rugió Judy.

A ella, Judy Moody, le gustaba ser "tal para sí misma", no "tal para cual". Original. Su madre decía que Judy era única. Su padre, que era particular. El señor Todd afirmaba que estaba en una clase para ella sola (¡aunque hubiera veinte niños más en Tercero!).

Ser "única" hacía que Judy se sintiera especial. Así es, así había sido y así sería siempre. O debería serlo.

Hasta ahora. Hasta que Amy Namey, la niña reportera del chicle, había aparecido.

Ahora sentía que ya NO era particular, sino una copia hecha con una máquina. Una "tal para cual", nada original; un aburrido y viejo clon nada individual.

Kunta Pelunta

Judy estaba ayudando a Stink con sus tareas, haciéndole preguntas para un examen de Ciencias.

—Di cuáles son las cuatro estaciones —dijo Judy.

—Ésa es fácil: la de radio, la del metro, la del tren y...

—Las estaciones DEL AÑO, Stink —señaló Judy—. Olvídalo... Veamos, ésta: ¿por qué se forma el rocío?

—¿Porque la hoja suda?

—¡N-o! —deletreó Judy—. Aquí va otra. Ésta sí la tienes que saber. ¿Qué es el peroné?

—¡Ay, lo sé! Es lo que dices cuando alguien te hace algo y te pide disculpas...

—No, Stink. ¡Es un hueso! ¡De tu pierna! Se encuentra entre tu rodilla y tu tobillo. Creo que es mejor que estudies un poco más. Bueno, ¿puedo hacerte ahora una pregunta?

—Pensaba que eso era lo que estabas haciendo.

—No es una pregunta de Ciencias. ¿Qué harías si pensaras que sólo hay un Stink, y de pronto descubrieras que hay alguien más igual que tú, como otro Stink?

—Te podría molestar EL DOBLE de veces.

—Olvídalo. Mejor le voy a preguntar a mamá y papá.

Judy se dirigió a su madre. Ésta simplemente la abrazó y le contestó:

—Para mí tú eres la única e irrepetible Judy Moody.

—¿Es algo para Ciencias? ¿O Sociales? —quiso saber su padre.

—No lo entiendes —le dijo Judy a su padre—. Hay sólo UNO de ti y UNA de mamá y UNO de Stink. Pero, lo que quiero decir es: ¿qué pasaría si conocieras a alguna persona que fuera exactamente como tú? ¿Dejarías de sentirte especial para siempre?

—Al menos, tendría algún nuevo mejor amigo —opinó su padre.

Ummm. Judy pensó en ello. ¿Mejor amigo? ¿O mejor enemigo?

❧   ❧   ❧

Al día siguiente, la niña reportera y mejor enemiga se acercó a Judy durante el recreo.

—¡Hola! ¿Te acuerdas de mí?

—¡Verificado! —dijo Judy, frunciendo el ceño.

—¡Oh! ¡Te acuerdas! Tu nombre es Judy, ¿verdad? ¿Cuál es tu apellido? Quiero poner en mi periódico tu idea de poder mascar chicle en la escuela.

Judy se animó.

—Moody. Judy Moody.

—¿Judy Moody? ¿De verdad? ¡Rimas! ¡Igual que yo!

—Igual-igual —respondió Judy entusiasmada.

—Y... ¿no están siempre los niños rimando cosas con tu nombre? ¿Como

"Amy Namey, cara de mamey-mi, patas de carey-mi", y cosas así?

—Yo he oído: "Judy Moody, ¿eres de Missouri?" ¡mil millones de veces!

—¡Exactamente! Es genial que ambas tengamos eso del nombre que rima. Podrías estar en mi club.

—Ya estoy en un club. El club Si te Orina un Sapo. Con mis amigos.

—¡Pero éste es un club auténtico! No es para cualquiera. Es para gente de todo el mundo cuyos nombres rimen. Se llama: Mi Nombre Es Un Poema.

—¿De verdad?

—¿Quieres una prueba de que es real? —Amy buscó en su bolsillo y sacó una credencial. Una credencial superoficial, real y verdadera de socia de un club.

—¡INCREÍBLE! —dijo Judy—. ¿Y yo podría ser socia de un club que tiene gente de todas las partes del mundo?

Amy Namey

tiene carné de socia
del club internacional
Mi Nombre Es Un Poema

Firmado

HughBlue

PRESIDENTE

—¡Claro! ¡Si quieres, te inscribo!

—¿Y podría tener una credencial como ésta? ¿Una auténtica credencial de socia con mi nombre y todo?

—¡Verificado!

—¡Guau! ¿Y por qué nunca había oído hablar de ti?

—Oh, pues estaba por ahí, dando vueltas... ¡alrededor del mundo! —Amy soltó una carcajada.

—¿Qué cosas haces en tu club? —preguntó Judy.

—En general, lo único que hago es llevar conmigo esta credencial. Pero puedes escribirle a cualquiera del club. Y a veces ellos te responden y te mandan una postal. Con una estampilla súper linda de otro país, y todo.

—¡Oh!

—¡Sí! Yo tengo postales de gente de todo el mundo, como, a ver... Nancy Clancy, Lola Mola y Sing Ling. ¡Incluso de

Mark Clark Van Ark de Newark! Ése vive en este país. En Nueva Jersey.

—¡Imposible!

—Pues sí. Hasta recibí una de alguien llamado Kunta Pelunta.

—¡Me pone los pelos de punta!

—Pero creo que ésa era de broma, seguro. Mi favorita es la que me envió Liri Lari.

—Su nombre no sólo es poético, también es musical.

—¡Seguro que sí! —Judy y Amy se rieron.

—¡Quiero inscribirme! ¡Quiero ser del club!

—¡Genial! ¿Por qué no vas a mi casa el sábado por la mañana? Te conseguiré una credencial de socia y todo lo demás.

—Tengo que hacerte una pregunta: ¿necesitaría pagar algo?

—No. Es gratis-tatis.

—Entonces, listo-tisto —dijo Judy.

—¡Trato hecho!

—¡Jamás deshecho! —exclamó Judy.

Y se rieron hasta caerse al suelo.

Amy Namey era muy lista. Y divertida. Y miraba a través de sus gafas como si fuera importante, con sus dos relojes y su lápiz detrás de la oreja.

Y ADEMÁS su nombre rimaba. Y ADE-MÁS era socia de un súper club que daba la vuelta al mundo. Y ADEMÁS tenía una exclusiva secreta del señor Todd.

Amy Namey tenía todo lo que convierte a una nueva mejor enemiga en una nueva mejor amiga.

A la Rana no le da la gana

Al día siguiente, antes de irse a la escuela, Judy revolvió el primer cajón tratando de encontrar su viejo reloj morado. ¡Todavía funcionaba! Se lo puso justo al lado de su nuevo reloj de rayas rojas.

Buscó alguna carpeta, pero no logró encontrar ninguna. Así que se puso un lápiz Gruñón detrás de la oreja y se fue a la escuela.

—Judy, tienes un lápiz en el pelo —dijo Rocky.

—Lo sé —respondió—. Amy Namey dice que puedo ayudarla con su periódico. Un buen reportero debe tener un lápiz preparado en todo momento.

—¿Por qué tienes dos relojes? —preguntó Frank.

—Para decirte la hora mejor —afirmó Judy poniendo voz de lobo feroz.

—No, en serio —insistió Frank.

—Amy Namey tiene un reloj que da la hora normal y otro que da la hora en Francia. Igual que Nellie Bly, la reportera intrépida. Amy dice que Nellie Bly siempre tenía en un reloj la hora que era en su casa de Nueva York, y el otro le daba la hora de Inglaterra o Italia o Francia... o de dondequiera que estuviera. ¿A que no lo sabían?

—¿Y eso qué? —dijo Rocky.

—¿Y por qué el otro reloj de Amy tiene la hora de Francia?

—Ni idea. Tendré que conseguir la exclusiva, ¿no? —Judy se quitó el lápiz de la oreja y escribió una nota para sí misma, como haría un reportero de verdad—. Se lo puedo preguntar cuando venga a nuestra clase después del recreo para contarnos la noticia secreta que sólo sabe el señor Todd.

—Espera, ¿va a venir? ¿A la clase del señor Todd? —quiso saber Rocky.

—No estará pensando pasarse a nuestra clase, ¿verdad? —dudó Frank.

—No. Sólo va a venir porque tiene un secreto grande y gordo que contarnos.

—¿Cómo lo sabes? —se extrañó Rocky.

—Lo sé —respondió Judy—. O... quizás se lo puedo preguntar cuando vaya a su casa a la reunión sobre nuestro nuevo club.

—¿Qué nuevo club? —dijo Rocky.

—¿Qué nuevo club? —coreó Frank.

—El club Mi Nombre Es Un Poema —respondió Judy.

—¿Podemos estar nosotros en ese club? —solicitó Frank.

—Es para personas de todo el mundo que tengan apellidos que rimen con sus nombres. Como Judy Moody o Amy Namey. "Frank" no rima con "Pearl". "Rocky" no rima con "Zang".

—No es justo —protestó Rocky—. No podemos evitar que nuestros nombres no rimen.

—Yo no hice las normas —dijo Judy.

—¿Y si cambio mi nombre por "Earl"? Earl Pearl rima —Judy y Rocky se rieron.

—Entonces tendríamos que llamarte Earl —afirmó Rocky—. Sería raro.

—Bueno. Entonces sigan llamándome Frank y asistan a la reunión del club Si te Orina un Sapo el sábado por la mañana. Judy, no vayas a la casa de esa niña que rima.

—¿De qué reunión hablas? —preguntó Judy.

—¿No te lo dijo Stink? Tenemos una gran reunión, verdaderamente importante, del club Si te Orina un Sapo —explicó Frank.

—¿Y para qué es la gran reunión?

—Queremos apuntar a Ranita en una carrera que hay ese día en Pelos y Plumas, la tienda de animales. Puedes ganar una tarántula.

—¿Se los dijo Stink? —preguntó Judy.

—Ajá.

—La tarántula es pequeña y se llama Trudy —siguió Frank—. Tiene rayas naranjas.

—Y ocho ojos, y colmillos, y mantiene alejados a los ladrones —añadió Rocky.

—¡¿Ladrones?! —dijo Judy—. ¡Pero si por aquí no hay ladrones!

—S-í: ¡Sí! Ladrones de amigos —afirmó Rocky—. Quizás funcione con ciertas personas que roban los amigos de los demás, como la señorita Ya-sabes-quién.

—Bueno, pues lo siento, pero tengo que ir a mi nuevo club. Amy Namey dice...

—Amy Namey, Amy Namey. Ahora sólo sabes hablar de esa niña —protestó Rocky.

—Ya que lo mencionas, "Amy Namey" suena a "cara de mamey-mi" —comentó Frank.

—¡Ja! ¡Amy Namey dijo que dirías eso! —exclamó Judy.

Rocky miró a Frank. Frank miró a Rocky y se encogió de hombros.

—Pero ¿qué les pasa a ustedes dos? Ayer Amy les caía bien.

—Sí, y ayer no te caía bien a ti —remarcó Rocky.

—Es sólo por que rima —se defendió Frank—. Nosotros nos hicimos amigos tuyos PRIMERO. Antes de que existiera el nuevo Club Encantador.

—Sí, aparece "Amy que Rimamey-mi" y te olvidas de nosotros —siguió Rocky.

—Apuesto cualquier cosa a que nunca le ha hecho pipi encima un sapo —dijo Frank—. Así que ella no puede entrar en NUESTRO club. De ninguna manera.

—¡Shh! ¡Ahí viene! —avisó Judy.

—¡Bonjour! —dijo Amy Namey—. Que quiere decir "hola" en francés.

—Me da lo mismo —dijo Rocky.

—Oye, ¿podemos hacerte una pregunta? —comentó Frank.

—Claro, dispara —respondió Amy—. Pero rápido, porque tengo que dar una noticia en tu clase.

—¿Alguna vez te ha hecho pipi encima un sapo? —preguntó Rocky.

—¿Qué? ¡NO! —contestó Amy.

—¿Lo ves? —Frank y Rocky miraron a Judy.

La reportera viajera

—¡Chicos! —dijo el señor Todd, apagando y encendiendo las luces—. El recreo ya terminó. Todo el mundo a su sitio. Hoy tenemos una visita especial. Y tiene una información interesante que compartir con nosotros.

—¿Es la Dama de los crayones? —preguntó alguien.

—¿Es ella la visita? —apuntó Bradley, señalando a Amy Namey—. Si sólo es una niña. De la clase de la señorita Valentine.

—Chicos, les presento a Amy Namey —anunció el señor Todd.

Algunos niños se rieron al escuchar su nombre.

Judy prácticamente saltó de su asiento al instante.

—¡Yo ya la conozco! —gritó Judy—. Y tenemos tres cosas en común. Una: su nombre rima, igual que Judy Moody. Dos: le gusta Nellie Bly, la reportera intrépida, como a mí Elizabeth Blackwell, la primera mujer médica. Y tres: colecciona chicles YM.

—Gracias, Judy. Estaba a punto de comentar que algunos de ustedes quizás ya conozcan a Amy de la otra clase de Tercero, la de la señorita Valentine.

—Vive en mi calle —le explicó Alison S. al señor Todd.

—Yo ya me había fijado en tus gafas de colores —le dijo a Amy Jessica Finch.

—¿Viniste a nuestra excursión a la sección de Urgencias del hospital? —preguntó Samantha.

—¿Por qué siempre te pones esa falda azul a cuadros? —se interesó Rocky.

—¿Por qué llevas esa bolsa de plástico para el pan llena de cosas? —preguntó Frank.

—Démosle a Amy la oportunidad de hablar —rogó el señor Todd—. Está aquí para contarnos la historia de Nellie Bly, la reportera intrépida que dio la vuelta al mundo en setenta y dos días.

—¿Alguien ha visto alguna vez la película *La vuelta al mundo en ochenta días*? —intervino por fin Amy. Sólo se levantaron algunas manos—. Nellie Bly era periodista —continuó Amy—. Escribía para los periódicos. Leyó el libro sobre el señor Fogg, que era un personaje inventado que dio la vuelta al mundo en ochenta días. Nellie pensó que sería genial para una persona de carne y hueso intentar batir ese récord. Así que su periódico la envió a darle la vuelta al mundo. Otro periodista se enteró, e intentó vencerla. Pero Nellie ganó la carrera. Dio la vuelta al mundo en setenta y dos días, seis horas, once minutos y catorce segundos.

Amy Namey levantó la vista hacia el señor Todd.

—¡Lo estás haciendo muy bien! —dijo él.

—Algún día quiero ser reportera y viajar alrededor del mundo como Nellie Bly —explicó Amy.

—¿Por qué no nos cuentas cómo se preparó Nellie Bly para su viaje? —propuso el señor Todd.

—Sólo tuvo tres días para organizarse antes de darle la vuelta al mundo entero. Y sólo podía llevar una pequeña bolsa con ella, del tamaño de una barra de pan —Amy levantó su bolsa del pan.

—Piensen, chicos —señaló el señor Todd—: ¿Qué harían si tuvieran que dar toda la vuelta al mundo y sólo pudieran llevar lo que cupiera en esa bolsa? ¿Qué cosas meterían en ella? ¿Jessica?

—Una cámara.

—¿Judy?

—Un lápiz Gruñón.

—¿Bradley?

—Calzoncillos limpios.

Todos se rieron.

—¿Jessica, otra vez?

—Me llevaría a Soplidos, mi cerdo de peluche.

—¿Frank?

—Una hamburguesa. Y mi almohada.

—Tu almohada es más grande que una barra de pan —observó Bradley.

—¿Rocky?

—¡Llenaría la bolsa entera de dinero!

—Amy, ¿quieres enseñarnos qué hay en tu bolsa?

—Éstas son algunas de las cosas que Nellie Bly llevaba en la suya. Jabón. Hilo y aguja. Una pijama. Zapatos.

—¿Ninguna almohada? —preguntó extrañado Frank.

—Y ropa interior —prosiguió Amy.

—¡Se los dije! —exclamó Bradley.

—Tinta, bolígrafos y lápices.

—¡Acerté! —gritó Judy.

—Tres sombreros, una taza, un impermeable...

—¡Imposible! —exclamaron todos.

Amy desdobló una pequeña bolsita y la convirtió en un impermeable.

—¡Guau!

Un "ohhh" recorrió el aula.

—Y... su anillo de la suerte para el pulgar.

"¡Recórcholis!" pensó Judy. ¡Un anillo de la suerte para el pulgar! Un anillo de la suerte para el pulgar sonaba tan chévere como un anillo del humor.

—¿Y el dinero? —se extrañó Rocky.

—Se lo ató al cuello metido en una bolsita.

—¿Y la ropa y esas cosas? —observó Jessica Finch.

—Sólo llevaba un vestido. Era azul a cuadros, como esta falda —Amy Namey se señaló la suya.

—¿Y para qué era ese palo? —preguntó alguien—. ¿Por qué llevaba un palo?

—Cuando llegó a un país llamado Yemen, tuvo que cepillarse los dientes con un palo.

—¡No creo que haya un país llamado Llenen! —dijo Frank.

—Y vio camellos y gente montada en elefantes, y cuando estaba en la mitad de su vuelta al mundo ¡tuvo de mascota a un mono llamado McGinty!

—Amy, ¿por qué no nos enseñas la ruta de Nellie Bly en tu globo terráqueo? —sugirió el señor Todd.

—Claro. Hice un globo terráqueo esta mañana. Todavía está un poco mojado —levantó una gran pelota de papel maché, empapada—. Aquí es donde empezó, en Hoboken.

—¿Empezó en Loboken, el país de los lobos?

—Hoboken está en Nueva Jersey —explicó Amy—. Y después fue a Inglaterra,

Francia e Italia. Después, se dirigió a Egipto, en África.

La ruta estaba marcada con rotulador negro. Amy la iba siguiendo con el dedo.

—¿Puede ayudarme alguien a sostener esto? —solicitó.

—¡Yo! —se ofreció Frank.

—¡Yo también! —dijo Rocky.

Judy no daba crédito a su oídos. Diez minutos antes, Rocky y Frank estaban llamando a Amy "ladrona". Grandísima ladrona de amigos. ¡Y ahora la estaban ayudando!

Frank sostuvo el globo de papel maché.

—¿Dónde está ese Llenen? —preguntó.

—Yo lo estoy viendo —afirmó Rocky. Fue hasta el tablón de anuncios y tomó una chincheta—. Está justo aquí, en el Mar Rojo.

Mientras lo decía, clavó la chincheta en el globo para señalar el lugar.

¡PUM! Una fuerte explosión los hizo saltar a todos. Frank dio un brinco hacia atrás. ¡Era el globo que había debajo del papel maché! Se le salió todo el aire con un resoplido y se hundió sobre sí mismo.

Frank miró a Rocky. Rocky miró a Frank.

—¡Explosión global! —dijo Rocky entre carcajadas.

Amy Namey se quedó de pie frente a toda la clase de Tercero, sosteniendo un blando y chorreante desastre de papel pe-

riódico mojado. Un globo plastoso, grumoso, desastroso y pegajoso.

—¡La reportera viajera acelera! —dijo
Amy, y salió corriendo de la clase.

Bella tarantella

Judy le pasó una nota a Frank, quien a su vez le pasó la nota a Rocky.

¡No es justo! ¡Convertiste el globo de Amy Namey en una plasta a propósito!
J.M.

Rocky le pasó una nota a Frank, quien se la pasó a Judy.

¡NO FUE A PROPÓSITO!
R.Z.

Judy estaba a punto de mandarle otra nota, cuando el señor Todd le dijo a la clase que era el momento de la gran noticia. Judy se puso derecha como un lápiz.

El señor Todd comenzó a trazar un mapa en el pizarrón. Judy esperaba que la gran sorpresa no fuera un mapa.

—Chicos, vamos a empezar a aprender Geografía de una manera completamente nueva —anunció el señor Todd—. ¡La clase de Tercero va a dar la vuelta al mundo en ocho días!

—¿Qué? ¿Cómo? —preguntaron todos.

—Vamos a trabajar con la clase de la señorita Valentine...

—¡Yupi! —gritó Judy—. La clase de Amy Namey.

Rocky y Frank le hicieron mala cara.

—Haremos un gran mapa como el del pizarrón y lo pondremos en el pasillo entre las dos clases. Después marcaremos la ruta que siguió Nellie Bly, la primera mujer reportera en dar la vuelta al mundo. Aprenderemos cosas sobre todos los países que visitó.

—¿Nellie Bly estuvo en Italia? —preguntó Rocky—. Mi abuela es de allí.

—Sí —dijo el señor Todd.

—¿Y en Disneylandia? —se interesó Bradley.

El señor Todd soltó una risita.

—Me temo que no.

Escribió en el pizarrón los nombres de once países.

—Nos dividiremos en pequeños grupos y cada equipo se ocupará de un país. Aquí hay algunas cosas que deben intentar descubrir de cada uno.

El señor Todd señaló el pizarrón:

A) CÓMO ES LA BANDERA

B) LA COMIDA TRADICIONAL

C) CÓMO DECIR "HOLA" Y "ADIÓS"
    O CONTAR HASTA DIEZ
    EN SU IDIOMA

D) JUEGOS QUE SE HAYAN ORIGINADO EN ESE PAÍS

—Disponemos sólo de ocho días para dar toda la vuelta al mundo, así que habrá que trabajar rápido. Hay mucho que aprender y mucho que hacer.

—¿Podemos traer algo de verdad de ese país? —preguntó Jessica Finch—. Yo tengo una matriuska de Rusia.

—Lo siento. Ése no es uno de los países que estamos estudiando —contestó el señor Todd.

—Yo tengo monedas de Italia —dijo Rocky—. Y un poco de "carbone dolce": son piedras negras de caramelo que parecen carbón.

—¡Ah! Y yo tengo té de Londres —comentó Judy—, que está en Inglaterra. Y un reloj de cuco en mi habitación, que mi abuela Lou me trajo de Alemania.

—Escuchen lo que les voy a decir —intervino el señor Todd—. Ésas son buenas ideas, pero mejor esperen hasta que sepan sobre qué país van a trabajar.

—¿Era ésta la gran noticia? —preguntó Frank—. ¿Geografía?

—Sí —afirmó entonces el maestro—. Me temo que es ésta. Pero todavía no les he contado lo mejor. Vamos a empezar nuestra vuelta al mundo con... una película.

—¡Una película! ¿Qué película? —dijo alguien.

—O sea, ¿que vamos a ver una película en la escuela? —interrogó Frank.

—¿Apagaremos las luces y habrá palomitas? —preguntó Jessica Finch.

—Ya veremos —dijo el señor Todd—. La película es ¡La vuelta al mundo en ochenta días!

—¡Yupi! —gritaron todos.

Esa tarde, la clase entera se fue al aula de la señorita Valentine y vio la película. Judy se sentó en el suelo cerca de Amy Namey. Comieron palomitas azules (¡hechas con maíz azul!) y se rieron de ese tal Mister Fogg, quien intentaba ganar la carrera alrededor del mundo en ochenta días mientras algunos viejos seguían dudando de él.

Después de la sesión, Judy volvió a su clase y formó un grupo con Rocky, Frank y Jessica Finch. Eligieron Italia para su proyecto y fueron a la biblioteca a buscar algunos libros sobre el tema.

—¿Qué es de color rojo, blanco y verde? —preguntó Rocky.

—¿Un duende navideño? —sugirió rápidamente Jessica.

—¿Una pizza con pimientos? —opinó Frank.

—¡No! La bandera de Italia —dijo Rocky.

—Oye, ¡qué chistoso! —dijo Judy—. Sería divertido empezar con un chiste como ése.

—Sería divertido vestirnos de rojo, blanco y verde —propuso Jessica.

—¡Sí! —gritó Judy—. ¡Me encanta disfrazarme!

—Bueno —asintieron Rocky y Frank.

—Tenemos que llevar pizza—dijo Rocky.

—¡Sí, pizza! —afirmó Frank.

—¿Y por qué no pensamos en algo diferente? —dijo Judy—. Todos conocen ya la pizza.

—¿Y qué? ¡La pizza es lo mejor! —rebatió Rocky—. ¡Italia sin pizza es como Judy sin Moody!

—¿Qué les parece hacer un ejercicio de ortografía sobre la pizza? —preguntó Jessica Finch—. Podríamos deletrear ingredientes que estén en la pizza, como P-E-P-P-E-R-O-N-I.

—¿Tú también estás con ellos? —dijo Judy.

—Podríamos deletrear otras cosas, aparte de la pizza —propuso Jessica—. Como Pino-cho, par-me-sa-no y L-A-S-A-G-N-A.

—Ni los mayores saben deletrear "lasagna" —opinó Rocky—. Todos fallarían.

—¡Podríamos hacer una Torre Inclinada de Pizza! —exclamó Frank.

—¿Con qué? —preguntó Judy.

—¡Con mesitas de pizza! Tú las coleccionas —señaló Frank.

—Sí, podríamos pegarlas todas juntas formando una torre —dijo Rocky.

—Claro que no—repuso Judy—. No voy a dejar que se vuelvan locos y quieran ponerle pegamento a toda mi colección. Después se la comerían.

—Nadie va a comer pegamento —dejó claro Rocky—. Sólo pizza.

—Chicos, vasta, tienen el cerebro lleno de pizza.

—Entonces oigamos tus brillantes ideas "despizzadas" —propuso Rocky.

Judy señaló una foto en el libro, en la que aparecía gente bailando en grupo.

—Podríamos hacer esto. Bailar la ta-ran-te-la.

—Yo no sé bailar —dijo Rocky.

—Y mucho menos la tarántula —añadió Frank.

El señor Todd pasó junto a su mesa y vio la fotografía.

—Un baile italiano es una idea muy buena. *Bella tarantella.*

—¿Lo ven? —sonrió Judy de oreja a oreja—. Es una idea muy buena.

—Tendrán que ensayar un poco —dijo el señor Todd—. Pero enseguida le tomarán el ritmo.

—Mi abuela tiene un viejo disco de ese baile —recordó Rocky.

—¡Vamos todos a casa de Rocky para ensayar! —propuso Judy—. ¿Qué les parece el sábado?

—¡Nosotros no podemos! —respondió de inmediato Rocky—. Frank y yo estaremos en Pelos y Plumas. No como algunas personas. —Le dirigió a Judy una mirada de reproche.

—Me refería al sábado por la tarde —matizó Judy—. Ya habré vuelto de la casa de Amy Namey.

—Me encantaría ir a casa de Rocky el sábado —dijo Jessica—. Será divertido.

—Yo no sé —dijo Frank—. La única vez que intenté bailar fue en la fiesta de la primavera de preescolar. Tropecé y me enredé en las serpentinas, y acabé pareciendo un bastón de caramelo humano.

—No habrá bastones de caramelo humanos. Lo prometemos —aseguró Judy.

—Esta bien, entonces ya estamos todos. ¿Y si nos encontramos en mi casa el sábado a las cuatro de la tarde? —sugirió Rocky.

—¡Vamos, será divertido! —Judy le dio un codazo a Frank.

—Sí, a lo mejor es divertido si eres una araña de ocho patas —dijo Frank.

Fratellino mocosino

El sábado por la mañana Judy convenció a su padre de que la llevara a la casa de Amy Namey. Judy se aseguró de que tenía puestos LOS DOS relojes. Su reloj morado marcaba la hora normal de Virginia, y el reloj de rayas rojas señalaba la hora en Italia. Luego se colocó su anillo del humor en el dedo gordo para tener un anillo de la suerte para el pulgar, como Nellie Bly, la reportera intrépida.

—*Ciao*, mamma! *Ciao*, Stink!

—¿Por qué estás hablando tan raro?
¿Te volviste loca?

—No, Stink, tranquilízate. Es italiano
—dijo Judy—. Estoy aprendiendo pala-
bras en italiano para nuestro proyecto de
la vuelta al mundo en ocho días.

—Querrás decir el proyecto "vuelve loca a tu familia en ocho días", ¿verdad? —replicó Stink. Sus padres se rieron.

—¡N-o! —deletreó Judy.

—¿Ciao significa "hola" o "adiós"? —preguntó Stink.

—¡LAS DOS COSAS! —contestó Judy.

—Qué raro... ¿En Italia "hola" significa "adiós"? ¡Vaya país! —dijo Stink.

—*Ciao, bambino.*

—¿Bambino? ¿Ése no era un ciervo de dibujos animados? —se extrañó Stink—. ¡Yo no soy un ciervo!

—Bueno, entonces, *ciao, fratellino.*

—¿Qué es eso?

— "Hermanito". Espera, no. Así no es. Ah, sí, ya me acordé. ¡Es MOCOSino!

—No es verdad.

—Sí, así es... Quiero decir, *ma sì* —dijo Judy.

—¿Y por qué llevas dos relojes? —preguntó Stink.

—Sabes que dos cabezas piensan mejor que una, ¿verdad?

—Claro, ¿y dos bombos te dejan la cabeza como un bombo al cuadrado?

—No —respondió Judy—. Sólo que dos relojes son mejor que uno.

—Ah. Y, a todas estas, ¿adónde vas?

—A casa de Amy Namey.

—Pero ¿qué pasa entonces con el club Si te Orina un Sapo? Esta mañana vamos a hacer correr a Ranita en Pelos y Plumas. Puedo ganar una tarántula.

—*Buona fortuna* —le deseó Judy.

—¿Qué tiene que ver la rueda de la fortuna con todo esto? —preguntó Stink.

—Nada. *Buona fortuna* significa "buena suerte" —explicó Judy—. No sé cómo decir "esfúmate" en italiano.

—Pero tú eres la que siempre me recuerda que Ranita pertenece a todo el club, no sólo a mí. Deberíamos ir todos. Eso es lo que nos convierte en un club.

—Stink, ¿no lo entiendes? Ahora estoy en un nuevo club. Y hoy voy a conseguir mi credencial superoficial, real y verdadera de socia. Seguro y requeteseguro.

—¿Qué club? ¿Puedo entrar yo en él? Yo también quiero una credencial superoficial de socio.

—Lo siento. Se trata del club Mi Nombre Es Un Poema, Stink. Es sólo para gente que tiene un nombre que rima. De manera que, a no ser que cambies el tuyo por Stink McTontink...

—No me importa. Seré Stink McTontink.

—Imposible, Stink McNo. Ni lo sueñes, Stink McPiojo. No puedes, mocosino.

Judy se fue caminando hacia el auto muerta de risa.

Postales
y experimentos fatales

—Ciao! —le dijo Judy a Amy.

—Bonjour! —le respondió Amy a Judy. El grupo de Amy estaba haciendo Francia en el proyecto de la vuelta al mundo en ocho días—. ¡Me gusta tu anillo de la suerte para el pulgar! Yo también tengo uno —le tendió la mano.

—¡Igual-igual! —afirmó Judy.

—¿Quieres ver mi colección de chicle YM? —preguntó Amy.

—¡Verificado! —exclamó Judy.

—Vamos arriba.

Amy abrió una extraña puerta que había en el fondo de su cuarto. Daba a una pequeña habitación debajo de las escaleras.

—Si no te agachas te das en la cabeza —dijo Amy.

—¿Quién vive aquí? ¿Unos duendes? —preguntó Judy.

—Es mi lugar secreto.

Señaló la pared. Había chicle masticado por todo el muro que daba a la escalera, donde nadie pudiera verlo.

—¡GUAU! —exclamó Judy—. ¡Ya empezaste tu propio Muro de Chicle! ¡Como el de California!

—¡Shh! No quiero que lo descubra mi madre.

Judy hizo como que se cerraba los labios con un cierre.

—¡En boca cerrada no entran moscas! —dijo Amy, y las dos se morían de risa.

—¡Calladita me veo más bonita! —añadió Judy, y se rieron todavía más.

—¿Quieres tu credencial de socia? —le preguntó Amy—. Ya la pedí.

Amy le dio la credencial a Judy. Parecía superoficial. Y estaba firmada por Hugh Blue, igual que la de Amy.

—¡Increíble! —afirmó Judy—. ¿Cómo conseguiste que la tuya estuviera plastificado así?

—¡Con papel adhesivo para forrar libros!

Hicieron lo mismo con la credencial de Judy, para que pareciera todavía más oficial.

—La credencial viene también con esto —dijo Amy entregándole una bolsa.

Judy sacó lo que se encontraba dentro. Había una etiqueta de identificación en la que decía: "HOLA, MI NOMBRE ES"; una calcomanía para la bicicleta que tenía escrito: "Mi Nombre Es Un Poema"; una lista de socios de todo el mundo con nombres que rimaban y, finalmente, un juego llamado el Partido del Apellido.

Judy y Amy jugaron al Partido del Apellido. Judy inventó apellidos que rimaran para Rocky, Frank y Jessica Finch. También ideó ocho apellidos para Stink:

Stink McTontink   Stinky Chaladinky
Stink Caradehuevink Stinky van Puerquintinky
Stink Elidiotink   Stink Burridink
Stink Babosink   Stink de Lopeorcink

—Stink McTontink sigue siendo el mejor —comentó Judy, riéndose.

—Oye, ya sé —dijo Amy—. ¡Vamos a escribirles a algunas personas reales con nombres que riman!

—¡Genial! —Judy sacó su lista—. Es curioso, uno de estos días mi nombre aparecerá aquí: Judy Moody.

Amy fue por un gran cubo de plástico con todo tipo de papel de escribir, rotuladores de olor, lápices de colores, calcomanías, sellos y bolígrafos de brillantina.

—¡Brillantina azul! —exclamó Judy.

—Podemos hacer nuestras propias postales —propuso Amy—. E imprimirlas en la computadora, y todo. Y después podemos mandarlas a otras personas del club.

—Muy bien. Yo le enviaré una a Larry Derry Berry, Yankee Pankee, Dolores Flores y Herman Sherman Berman. ¿Puedes creer que hay una persona en el club que se llama Tito Capotito? En serio.

—Tito Capotito. Es gracioso—dijo Amy.

—¡Tito, Capotito! —gritaron Judy y Amy al mismo tiempo. Ambas se rieron.

Amy echó un vistazo a la lista.

—Yo le escribiré a Lance France, Roos Van Goos, Pinky Dinky y Wong Fong de Hong Kong.

—Ése tú lo inventaste —dijo Judy.

—Nopo. ¡ Mira, aquí está! —Judy y Amy se cayeron al suelo muertas de la risa.

Judy y Amy se entretuvieron con las postales toda la mañana. Judy estuvo escribiendo direcciones hasta que casi se le cayó la mano.

—¡He terminado! —gritó.

—Yo no he acabado todavía —dijo Amy—. ¿Por qué no mandas una más?

—Bueno —dijo Judy—. ¿Qué te parece Nathaniel Daniel? Es de Estados Unidos. De San Luis Obispo, en California.

—¡Déjame ver! —pidió Amy. Miró la lista—. Ahí es donde está el Callejón del Chicle. De verdad. No miento.

—¡Imposible! —exclamó Judy—. ¿Por qué no le enviamos un chicle, a ver si puede pegarlo por mí en el muro? Así estaremos LAS DOS en el Muro de Chicle.

—¡Sipi-lipi! —dijo Amy.

—Podemos sacar el juego de Haz Tu Propio Chicle que pedí —propuso Judy—. Menos mal que lo traje. Me estaba muriendo de ganas de usarlo. Haremos nuestro propio chicle para mandárselo. ¿No se enojará tu mamá?

—¡Claro que no! Mientras dejemos todo limpio.

Judy y Amy bajaron las escaleras y fueron a la cocina.

—Primero vamos a comer —indicó Amy—. Mamá nos dejó sándwiches de mortadela con queso. Pero a mí me gusta cortarlos, así.

Sacó algunos moldes para galletas y las niñas convirtieron los sándwiches en estrellas, corazones, pelotas de fútbol americano, calabazas y conejos. Judy hasta hizo uno del mapa de Estados Unidos (salvo Florida, que se desprendió).

Amy llevó el plato a la mesa.

—No podremos comernos todo esto ni en un millón de años —dijo Judy.

—Son bastante más divertidos de hacer que de comer —opinó Amy, sonriendo con bigotes de leche.

Después de almorzar, Judy miró su reloj rojo. Miró su reloj morado. ¿Cuál era cuál ahora? Llevar dos relojes era un lío para cualquiera. Pero era todavía temprano en LOS DOS relojes.

—¿Tienes que irte? —preguntó Amy.

—Nopo. Falta un montón de tiempo antes de tener que marcharme a la casa de Rocky para ensayar la tarantela. ¡Así que manos a la obra! —abrió la caja de Haz Tu Propio Chicle y levantó una bolsa—. Esto debe de ser la base del chicle. Se llama igual, "chicle". Viene del bosque tropical.

Vertieron bolsas de un ingrediente en polvo y de otro pegajoso en un recipiente. Lo fundieron todo en el microondas.

—Necesito algo para mezclarlo —dijo Judy.

Se turnaron para mezclar y remover, mezclar y remover. El polvo voló en el aire por todas partes, y lo pegajoso se pegó a la cuchara y a la silla y a la mesa.

—¡Ahora toca lo más divertido! —dijo Judy.

Soltó una bola grande y pegajosa de masa sobre papel encerado.

—Aquí dice que hay que amasarla como el pan —indicó Amy.

—¡Al ataque!

Se la dividieron en dos.

—¡Espera! Mejor nos quitamos los relojes —dijo Amy—. ¡Esto es muy grasoso!

—¡Grasoso, asqueroso y pegajoso! —gritó Judy.

—Resbaladizo, escurridizo, masticadizo —siguió Amy.

Judy se echó el pelo para atrás. Judy se rascó la nariz. A Judy se le cayó un poco de masa en la rodilla.

—¡Tienes chicle por todas partes! —señaló Amy.

—Tú también —observó Judy—. ¡Doble problema! ¡Vaya dilema!

Soltaron una carcajada.

—Ahora viene la mejor parte —dijo Judy—. Los sabores. Sólo trae dos: menta y tutti-frutti.

—Podemos inventar nuestros propios sabores —sugirió Amy.

—¿Con qué?

Amy miró en el armario.

—¿Chicle de mantequilla de cacahuate? ¿Chicle de atún?

—¡Mejor no! —dijo Judy.

Amy miró los frasquitos de las especias.

—¿Qué te parece chicle de canela? ¿O de vainilla? ¿Y chicle espolvoreado con fideos de arco iris?

—¡Sipi! —exclamó Judy—. ¿Por qué no?

Amy miró en el refrigerador.

—¿Chicle de ketchup? ¿De mostaza? ¿De conservas en escabeche?

—¡Eso es! —asintió Judy.

—¿Chicle de ketchup? ¡Guácala!

—¡No! —dijo Judy—. De conservas en escabeche.

Vertió un poco de salsa del frasco en uno de los pegotes y lo amasó.

—Puedo llevar un poco a casa para hacerle una broma a Stink. Nunca lo adivinará. Lo llamaré Chicle Escabechicle.

—¿La broma del Chicle Escabechicle? —preguntó Amy.

—¡Exactamente! —exclamó Judy—. La Escabechina del Chicle Escabechicle.

Le pasaron el rodillo al chicle, y lo aplastaron y apretaron y estiraron hasta que quedó plano. Después le rociaron azúcar pulverizada por encima y lo cortaron en trozos.

—Vamos a probar un poco —dijo Judy.

—Pero no del de escabeche.

Judy se metió en la boca uno, dos, tres trozos de chicle. Se le pegaron a los dientes. Se le pegaron a la lengua. Se le pegaron al paladar.

—*Esh muy ajosho* —dijo.

—¿Ajoso? —preguntó Amy.

—¡Pegajoso! —al fin logró pronunciar Judy—. ¡Siento la boca como si fuera un hipopótamo comiéndose un bote de mantequilla de cacahuate!

Amy se metió en la boca uno, dos, tres trozos de chicle. Judy Moody y Amy Namey estuvieron mascando y riendo y haciendo bombas y estallándolas hasta que llegó el padre de Judy y fue hora de marcharse.

Ella, Judy Moody, masticó su chicle de menta y tutti-frutti espolvoreado con fideos de arco iris (NO Chicle Escabechicle) durante todo el camino a casa.

Chicle Escabechicle

—Ciao! ¡Ya estoy en casa! —gritó Judy mientras cruzaba el umbral de la puerta.

Stink bajó ruidosamente las escaleras. Cuando vio a Judy, se quedó con la boca abierta.

—¿Stink? ¿Estás cazando moscas? —dijo Judy—. Tienes la boca superabierta.

Él se rió, señalándola. Tenía chicle en el pelo, chicle en la nariz, chicle en los pantalones y chicle en el abrigo.

—¿Qué te pasó? —preguntó pasmado Stink—. ¿Te atacó la Bola de Chicle Asesina?

—Je, je, je, Stink. Estuve haciendo chicle en casa de Amy Namey con mi juego de Haz Tu Propio Chicle. Y fue megadivertidísimo.

—Ah, ¿y no me esperaste para estrenarlo?

—No, pero preparé algunos especiales para ti. Mi receta secreta —Judy desenvolvió el papel encerado y lo tendió hacia Stink para que los observara.

Él vio chicle rosa, chicle marrón, chicle gris y chicle verde. Y chicle grumoso.

—¡Guácala! ¡Yo no me como ése que tiene bultos y chichones!

—El tuyo es el verde —dijo Judy.

Stink agarró el chicle verde como si estuviera cazando un gusano.

—¡Vamos Stink, pruébalo! —lo animó Judy—. ¡Te gustará!

Infló una bomba con su propio chicle y la reventó.

Stink se metió el chicle en la boca. Le dio vueltas con la lengua. Lo masticó. Una. Dos veces.

—¡Guácala! —gritó Stink, sacando la lengua—. ¡Está superagrio! ¡Es peor que los pepinillos en vinagre! ¿De qué es? ¿Chicle de sal?

—¡Chicle Escabechicle! —dijo Judy—. ¿Entiendes? ¡Chicle con sabor a conservas en escabeche! ¡Lo hice con salsa de escabeche!

—¡Fuchi! —exclamó Stink, escupiendo el chicle hasta el otro lado de la habitación. Mouse saltó sobre él.

—¡Qué cochino! —dijo Judy.

—Stink —lo llamó su padre—, recoge eso y tíralo al cubo de la basura.

—¿Y a Judy no le dices nada? ¡Me engañó con chicle en escabeche! —se quejó Stink.

—Creo que sobrevivirás —opinó su padre.

—¡Seguro tenía huevos de araña dentro!

—¿Huevos de araña?

—Es culpa mía —explicó su padre—. Estuve explicándole a Stink que cuando nosotros éramos pequeños se rumoraba que el chicle tenía dentro huevos de araña. De hecho, nos daba miedo el chicle.

—¡Qué cosa! —se sorprendió Judy.

—Hablando de arañas: adivina qué conseguí en Pelos y Plumas... —dijo Stink.

—¿Quieres decir que Ranita ganó la carrera? —preguntó Judy.

—Bueno, lo que se dice ganar... —Stink le enseñó una bolsa transparente de envolver sándwiches con una asquerosa piel de araña dentro—. Es la piel que mudó la araña.

—¿Una araña derretida? —preguntó Judy—. Pero, ¡qué horror!

—No, es sólo la piel. Las arañas tienen el esqueleto por fuera, y se deshacen de él.

—Qué curioso —afirmó Judy, escudriñando dentro de la bolsa.

—Ranita no dio ni un solo salto cuando llegó el momento de la carrera. Así que el niño que ganó la tarántula me dio esto. Creo que le di lástima.

—¡Tarántula! —gritó Judy—. ¡Recáspita! Estuve tan ocupada en la casa de

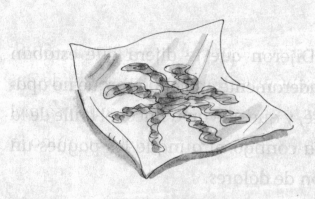

Amy, consiguiendo la credencial del club Mi Nombre Es Un Poema y haciendo el Chicle Escabechicle para engañar a Stink, ¡que olvidé que tenía que ir a casa de Rocky! Para ensayar la tarántula. Digo, la tarantela.

—Aquí hay una primicia para ti —dijo Stink—: Tus amigos ya no te hablan. Me dijeron que te lo diga. Rocky te llamó por teléfono. Y Frank también. Después Rocky otra vez. Y esa tal Jessica Finch.

—¡Stink! ¿Por qué no me lo dijiste? ¿Qué querían?

—Dijeron que te dijera que estaban verdaderamente enojados porque no apareciste, y que no van a hacer el baile de la araña contigo ni aunque les pagues un millón de dólares.

—Judy, debe de haber un error —intervino su madre—. ¿Tenías que haber estado trabajando en un proyecto de clase con Rocky y tus otros amigos, pero te fuiste con Amy?

—No lo hice a propósito, mamá, y ahora están enojados y no me volverán a hablar nunca más.

—Se arreglará, cariño. Todo el mundo comete errores.

—Sabemos que estás entusiasmada con tu nueva amiga Amy —afirmó su padre—.

Lo único que te decimos es que debes tratar de no olvidarte de tus viejos amigos.

—No puedo evitar que estén enojados —se lamentó Judy—. ¿Qué les digo?

—Simplemente sé sincera —aconsejó su madre—. Diles que perdiste la noción del tiempo.

—Tengo una idea, cuéntales que el monstruo Escabechicle te absorbió el cerebro —dijo Stink.

—¡Caramba, carambola! —dijo Judy—. No puedo creer que haya pasado esto. Estaba confundida con los dos relojes. Entonces me quité LOS DOS para lavarme las manos en la casa de Amy Namey... Seguro me los puse en las muñecas equivocadas y luego miré el reloj que no era, o algo así.

—Entonces adivino que podrías decir que ¡DOS relojes NO son mejor que uno! —concluyó Stink.

Rocky el Notehabloqui contra Judy la Chuly

Judy llamó a Rocky por teléfono.

—Siento aparecer tan tarde, pero mis dos relojes me confundieron y después me atacó una bola gigante de chicle y...

—No te hablo —dijo Rocky.

—¡Lo acabas de hacer! ¡Así que NO estás no hablando conmigo! —soltó una carcajada. Pero Rocky no se rió ni una pizca.

—Lo digo en serio —le dijo—. Frank también está furioso. Ya se fue a su casa.

Y Jessica Finch ni siquiera quiere estar ya en el grupo. Está inventando su propio ejercicio de ortografía sobre la pizza.

—Pero ¡tenemos que ensayar el baile! Voy para allá ahora mismo.

—¡No! —respondió Rocky—. Ya te lo dije: no te hablo.

—Pero... tengo que ir. No puedes...

—Humm-humm, himm-himm, humm humm himm... —Rocky no escuchaba. Estaba tarareando "Estrellita dónde estás" por el teléfono.

Judy colgó el auricular y se fue a buscar a Stink.

—¡Tienes que venir a casa de Rocky conmigo! —dijo—. ¡Ahora!

—¿Por qué?

—Porque no me habla.

—¿Y qué?

—Que a ti NO no te habla.

❧   ❧   ❧

Judy corrió por toda la calle y tocó el timbre. Hizo que Stink se parara delante de ella. Rocky abrió la puerta.

ROCKY: Stink, dile a Judy que no hablo con ella.

JUDY: Stink, por favor dile a Rocky que tenemos que ensayar nuestro baile.

STINK: Judy dice que tienen que ensayar su baile.

ROCKY: Dile a Judy que es ella la que no apareció para ensayar. Además no quiero bailar como una araña. Renuncio.

STINK: Renuncia.

JUDY: Ya lo oí. Por favor, dile a Rocky que tengo una excusa buena de verdad. Háblale del ataque de la bola gigante de chicle y todo eso.

STINK: Tenía chicle por todas partes. ¿Lo ves? Mira su pelo, está lleno de chicle.

ROCKY: Dile a Judy que muy mal. Es demasiado tarde. Esperamos hasta pasadas las seis y Frank y Jessica Finch se fueron a su casa. Y dile que todos r-e-n-u-n-c-i-a-m-o-s, renunciamos.

STINK: Él anuncia que renuncia.

JUDY: Stink, por favor dile a Rocky que no puede renunciar porque si no hacemos nuestro proyecto no daremos la vuelta al mundo en ocho días. ¿Quiere echar a perder el trabajo de todos? ¿También el de la otra clase de Tercero? ¿Quiere que r-e-p-r-o-b-e-m-o-s?

STINK: ¿Quieres que r-e-p-r-o-b-e-m-o-s y echar a perder el trabajo de todos?

ROCKY: Tú ya lo echaste a perder. Quiero decir, dile a Judy que

ella ya lo echó a perder. Si repro-
bamos, será todo por su culpa.

STINK: Rocky dice...

JUDY: Dile que lo siento mucho, muchísimo. Me confundí con los
dos relojes porque uno marcaba la hora en Italia, pero
estoy aquí ahora, ¿no?

ROCKY: Dile a Judy que no es sólo porque olvidó el ensayo de hoy.
Nos dejó a todos, sus mejores
amigos, por Amy Rimeimi.
Dile que nosotros también podemos hacer rimas.

Rocky le dio a Stink una hoja de papel
de cuaderno.

ROCKY: Mira, lee esto.

JUDY: Léelo, Stink. Vamos a oírlo.

STINK: Creo que deberían pagarme veinticinco centavos si tengo que leer cosas también.

JUDY: ¡Cállate y lee!

STINK: *Me llamo Frank.*

          Me puedes llamar Franque el Tanque.

          Cuando Judy no vino a ensayar,

          me pudrí como un viejo guante.

ROCKY: Ése no. Éste.

STINK: *Mi nombre es Rocky.*

          Me gusta el hockey.

          La verdad es que es lo único

          que rima con Rocky.

          No me siento muy charlatán.

          No quiero comportarme como

                              un patán,

          pero estoy enfadado con mi

          amiga Judy la Chuly.

STINK: ¡Judy la Chuly! ¡Qué bueno!

JUDY: Jee, jee, jeee.

STINK: ¡Espera! Hay uno más:

Me llamo Stink.

Y por si lo piensas,

no soy idiotink.

Sólo quiero veinticinco

centavinks…

JUDY: ¡Stink! Lo acabas de inventar.

ROCKY: Dile que Frank y yo la abandonamos.

JUDY: Bien.

ROCKY: Bien.

STINK: ¡Judy no va a hacer el baile ella sola!

JUDY: Stink, dile a Rocky que yo no dije eso. Sí, haré el baile sola.

STINK: ¡No puedes! ¿Cómo vas a hacer el baile de la araña tú sola?

¡Una araña tiene ocho patas! Necesitas cuatro personas.

JUDY: ¡Stink! Díselo y punto.

STINK: Hará el baile sola.

ROCKY: Stink, pregúntale que por qué no le dice a su nueva mejor amiga, Amy Igual-Igualeimi, que haga el baile con ella.

STINK: ¡Ja! ¡Eso estuvo bueno! Judy, ¿oíste...?

JUDY: Jaa, jaa... Es tan gracioso que se me olvidó reír. Stink, por favor, dile a Rocky que no puedo hacer el baile sola porque él tiene el viejo disco de su abuela con la tarantela.

Y dile que también tiene el viejo tocadiscos.

ROCKY: ¡Ja! Así que ahora quieres que seamos amigos otra vez, ¿eh? Porque necesitas algo.

STINK: Rocky dice...

JUDY: Stink, pregúntale a Rocky si traería por lo menos esas cosas a clase.

ROCKY: Uummm...

STINK: Dice "Uummm"...

JUDY: ¿"Uummm", lo traerá? ¿O "Uummm", lo está pensando?

STINK: Rocky, ¿qué significa "Uummm"?

ROCKY: ¡"Uummm" de pensar! ¿Entiendes?

STINK: Creo que lo está pensando.

JUDY: Dile que estoy mirando mis DOS relojes, y que tiene diez segundos. Le quedan nueve, ocho, siete...

ROCKY: Dile que llevaré el disco y el tocadiscos, pero que no haré el baile.

JUDY: Bien.

STINK: Judy dijo "bien".

ROCKY: Bien.

STINK: Rocky dijo "bien".

JUDY: Bien.

STINK: ¡No puedo creer que no me paguen por esto!

El duende Truliruende

El lunes, cuando Judy llegó a la escuela, lo primero que hizo fue ir a hablar con el señor Todd.

—Señor Todd, sabe que vamos a dar la vuelta al mundo en ocho días, ¿verdad?

—Sí —dijo el señor Todd.

—Y sabe que mi grupo tendría que hacer Italia, ¿verdad?

—¿Hay algún problema? —preguntó el maestro.

—Algo así. Quiero decir, sí. No podemos hacer Italia. Ni ningún otro país.

—Me apena oír eso —contestó el señor Todd—. Porque no sólo nuestra clase, sino la de al lado también, espera dar la vuelta al mundo en ocho días. Y no podemos dar la vuelta al mundo sin Italia.

—Es más o menos mi culpa —explicó Judy—. Me perdí el ensayo de la tarantela y Rocky y Frank y Jessica se pusieron furiosos y...

—Me gustaría que procuraran resolverlo ustedes solos. Haz todo lo que puedas, ¿de acuerdo?

—Lo intentaré —dijo Judy—. Jessica presentará algo que hará ella misma, pero conozco a Rocky y a Frank, y ellos pueden seguir enojados muchísimo más de ocho días.

—Bueno, vamos a hacer una cosa —resolvió el señor Todd—. ¿Qué te parece si visitamos Italia al final? Podemos esperar hasta el octavo día y ponerlo al último.

—Gracias. Gracias, señor Todd. Ya me las arreglaré. Eso espero...

❧ ❧ ❧

Durante toda la semana las dos clases de Tercero se divirtieron en grande alrededor del mundo. Judy intentó olvidarse de que Rocky y Frank estaban enojados con ella. En Londres, Judy y Amy tuvieron que exclamar ¡*Brilliant!* con acento británico y comieron *"chips"* (que es como llaman allí a las papas fritas) con vinagre.

En Francia, Amy Namey hizo que las dos clases cantaran en coro *Frère Jacques*.

En Llenen (alias Yemen), tuvieron que comer frijoles con muchas especias y arroz ¡con los dedos! Después intentaron cepillarse los dientes con un palo, ¡como Nellie Bly!

En Egipto construyeron una gigantesca pirámide de terrones de azúcar. Y en Japón, Judy tuvo que ponerse un *kimono* y aprender *kirigami*, el arte japonés de recortar papel. En China pintaron con pincel y comieron galletitas de la fortuna (que eran del restaurante chino El Jardín Feliz, ¡no de China!).

—¿Qué dice tu galletita? —le preguntó
Judy a Amy Namey.

Pronto harás nuevos amigos.

—¡Qué bonito!

—¿Y la tuya? —preguntó Amy—. ¿Qué
dice?

—Nada.

—¿Está en blanco? Debe decir algo. Déjame ver —Amy le quitó de la mano a
Judy el papelito de la fortuna.

BAILARÁS
SOLA
la tarantela

—¡No te preocupes! —la animó Amy—. ¡No es la fortuna de verdad! Está escrito en una nota pegajosa. Con letra de niño.

—De todas formas, algo me dice que se va a hacer realidad —comentó Judy.

❦ ❦ ❦

Cuando llegó el martes siguiente, todo Tercero había viajado ya siete días alrededor del mundo. El día siguiente era el último. El día siguiente era el Octavo Día. Sólo había un problema. Rocky y Frank estaban todavía f-u-r-i-o-s-o-s: furiosos. Más furiosos que si les hubiera picado una tarántula. Más enloquecidos que una tarántula bailando la tarantela.

Ella, Judy Moody, estaba de un humor… Era un terrible caso de HTM: la depresión de Hazlo Tú Mismo. Judy siempre oía a sus padres decir: "Si quieres que algo ocurra, hazlo tú mismo". Quizás ella podía hacer el baile sin Rocky ni Frank. Ni Jessica Finch, tampoco. Cuando Rocky y Frank vieran lo duro que había trabajado en su proyecto de la vuelta al mundo… Ella los salvaría de reprobar y dejarían de estar enojados para siempre.

Así que ella, Judy Moody, socia oficial del club Mi Nombre Es Un Poema, se aseguraría de que las dos clases de Tercero dieran la vuelta al mundo en ocho días. Ella, Judy Moody, lo HEM. Haría. Ella. Misma.

Judy se quedó levantada hasta tarde leyendo sobre Italia, pegando mesitas de pizza e inventando un juego para que todos participaran. Incluso hizo que Stink ensayara con ella la tarantela, pero lo único que consiguió fueron pisotones.

☙ ☙ ☙

Cuando se despertó la mañana siguiente, se puso una falda roja y una camisa a rayas verde y blanca. Hasta se pintó banderas de Italia en las medias blancas y se puso sus zapatos rojos de cuando se disfrazó de Dorothy, la niña de El mago de Oz, para Halloween.

—Pero ¿quién eres? ¿Uno de los duendes de Papá Noel?

—Sí, el duende Truliruende. ¿Que no sabes qué es rojo, blanco y verde?

—¿Las manchas de rotulador en la alfombra blanca y nueva de mamá? —preguntó Stink.

—Espero que estés bromeando —dijo su madre—. Ummm, déjame pensar... Rojo, blanco y verde. ¿Esos extraños espaguetis que hace papá?

—Pensé que te gustaba mi pasta tricolor —señaló su padre—. ¡Dijiste que era creativa!

—Y es muy creativa —afirmó su madre, poniendo una cara divertida.

—Bueno, espero que no pensaras usarla esta noche —comentó Judy—. Porque me

voy a llevar un montón de ella para mi juego de Figuras de Pasta.

—Bueno, morderé el anzuelo —prosiguió el padre—: Qué es rojo, blanco y verde... ¿Una cebra navideña?

—¡Noo! —exclamó Judy—. No tiene nada que ver con la Navidad.

—¡Ya lo sé! —dijo Stink—. ¿Las banderas de Bulgaria, Hungría, México o Madagascar?

—¿Me-das-a-cargar? ¡Oye! ¿No has pensado en la bandera de I-ta-lia, Stink? La bandera de Italia es roja, blanca y verde.

—No tengo la culpa. Todavía no llego al tomo de la I en la enciclopedia —protestó Stink—. Además tú no pareces una bandera. Yo lo sé bien. Fui una bandera humana una vez...

—¡Guau! ¡Tremendo proyecto debe de ser éste! —le dijo a Judy su padre.

—Lo es —respondió ella—. A Nellie Bly le llevó setenta y dos días dar la vuelta al mundo, y batió el récord. ¡Intenta dar la vuelta al mundo entero en sólo ocho días!

—Entonces, ¿ya hicieron las paces tú y tus amigos? —quiso saber su madre.

—Todavía el terreno está un poco rocoso —afirmó Judy—, pero después de hoy...

—¿Un poco Rocky-oso? ¿Entendiste? —preguntó Stink.

—Muy divertido —dijo Judy—. Stink, ¿me dejas llevar a la escuela tu esqueleto de tarántula? ¿Y tu pandereta?

—No sé. Lo pensaré.

—Stink, no seas un mocosino. Hoy no. Por favor.

—¿Tienen muchas tarántulas y panderetas en Italia, o qué? —preguntó Stink.

—O qué.

—No, es en serio.

—Stink, deja de ser un niño que sólo lee la enciclopedia, todavía te falta aprender muchas cosas.

—¡Tampoco he leído todavía el tomo de la T ni el de la P! —se quejó Stink.

—¡Pues más vale que te pongas manos a la obra! —dijo Judy—. ¿No lo sabías? En Italia, ¡las tarántulas tocan la pandereta mientras comen tortellini!

La máquina roja, blanca y verde enloquece

Cuando Judy llegó a la escuela aquella mañana, chocó con Amy Namey en la entrada.

—¡Tengo muchas ganas de oír cosas sobre Italia! —dijo Amy—. Vamos a ir a tu clase otra vez. ¡Me muero por ver a tu grupo bailar la danza esa de la araña!

—Yo soy mi grupo —contestó Judy.

Entró en su aula y colocó la Torre Inclinada de Mesitas de Pizza en el estante que había junto a la ventana. La cubrió con una caja para que nadie pudiera verla todavía.

—Rocky, ¿trajiste el disco? ¿Y el tocadiscos? —preguntó Judy.

—Frank —dijo Rocky—, dile a Judy que sí traje el tocadiscos.

—¡Vaya, vaya, no te conozco, mosco! ¿Sigues sin hablar conmigo? —quiso saber Judy.

Rocky se cerró los labios imitando un cierre.

—¡En boca cerrada no entran moscas! —exclamó Judy, soltando una carcajada.

—¿Cómo? —dijo Frank.

—No importa —contestó Judy—. Tenían que haber estado allí. Y yo sí estaba. Con Amy Namey. ¡Y ustedes no!

Sonó la campana y llegó el momento en que el grupo de Judy tenía que hablar sobre Italia. Judy y Jessica se pusieron de pie frente a las dos clases de Tercero.

—Judy —dijo el señor Todd—, ¿qué pasa con el resto de tu grupo?

—Vamos, chicos —susurró Judy.

Rocky y Frank salieron y se quedaron de pie.

—Ejem... Rocky tiene problemas con la voz, o algo así —se disculpó Judy—. Así que yo hablaré en nombre de mi grupo. Frank sostendrá la bandera de Italia —Judy le dio el estandarte a Frank.

—¡Ciao a todo el mundo! —comenzó Judy—. Primero, Jessica Finch les va a repartir un ejercicio de ortografía sobre la pizza.

—¿¡Ejercicio!? —protestaron todos.

—Va a ser divertido —aclaró Jessica—. Y pueden hacerlo cuando quieran. No es como si fuera t-a-r-e-a ni nada parecido.

—Muy bien —prosiguió Judy—; ahora les voy a hablar un poco sobre Italia. Después haremos un juego y les enseñaré un baile. Bueno, Italia tiene ciudades con nombres graciosos, como Boloñesa o Pizza.

—Se refiere a "Bolonia" —dijo el señor Todd—, y a "Pisa".

—Bene! —exclamó Judy en italiano—. En la ciudad de Pizza hay una torre, pero

está torcida. Así que se llama la Torre Inclinada de Pizza.

—¿Y a que no saben qué? —continuó
Jessica—. Si desordenan las letras de LA
TORRE INCLINADA DE PISA, obtienen
PIEDRA TORCIDA EN SALINA. Esto se
llama "anagrama". Bueno, casi... porque
sobra una "L".

—Miren —indicó Judy—, hice una
torre inclinada para enseñarles cómo es.

—¡Eso fue idea nuestra! —señaló Rocky.

—Rocky, recuperaste la voz —observó
el señor Todd.

—Fue idea de Rocky y de Frank —
afirmó Judy—. *Voilà!*

—Voilà es francés —dijo Jessica—. Lo
aprendimos la semana pasada.

—¡Aquí les presento la Torre Inclinada de Mesitas de Pizza! —exclamó Judy al tiempo que levantaba la caja.

¡Algo no había salido bien! La Torre Inclinada de Mesitas de Pizza no estaba torcida en absoluto. Estaba derretida. Lo que antes era una pila inclinada de mesitas de pizza pegadas entre sí, ahora no era más que un enorme y pegajoso pegote de plástico fundido. —¡Ahhhh! —todos la señalaron y se echaron a reír.

—¡Me derrito! ¡Me derrito! —gritó Rocky, poniendo voz de la malvada bruja del Oeste, de El Mago de Oz.

—¡Oh, no! —exclamó Judy—. ¡Mi Torre Inclinada de Mesitas de Pizza! La puse en el estante... ¡sobre el radiador!

—El calor las derritió —dijo Rocky.

—Tendremos que llamarla la Torre Derretida de Pizza —comentó Frank.

—No te sientas mal —la animó Amy Namey—. Es igual que lo que pasó con mi globo de papel maché. ¡Explosión global! ¿Te acuerdas?

—Bueno, chicos, ¡que siga el espectáculo! —intervino el señor Todd.

Judy sacó el material para el juego de Figuras de Pasta.

—Todo el mundo tiene su propio tablero de juego y una bolsita con pasta dentro —explicó Judy, sosteniendo una bolsa y haciendo sonar lo que había en su interior—. Tienen que emparejar los diferentes tipos de pasta de la bolsa con las figuras dibujadas en su tablero.

—¡Qué gran idea! —celebró el señor Todd.

—Eso suena divertidísimo —dijo la señorita Valentine.

—Después, tienen que escribir el nombre del tipo de pasta debajo. Si no lo saben, pueden mirar mi tablero —Judy levantó un trozo de cartulina en el que se veían diferentes tipos de pasta pegados. Encima de cada figura estaba su nombre.

Todos se rieron.

PASTA ITALIANA

Capellini	Penne	Macarrones ¿?
Farfalle	Rotini	Fettuccini ¿?
Espaguetis	Fusilli	Tallarines
Vermicelli ¿?	Pastina ¿?	Ziti
Ravioli	Tortellini ¿?	Parpadelle

—¡Ja, ja! —Bradley lo señaló con el dedo.

—Te faltan algunos —dijo un niño de la otra clase.

—¿Dónde están los *macarrones*? —preguntó alguien

—¿Y el *vermicelli*? ¿Y el *cappellini*? —se extrañó Jessica.

Judy miró su tablero. ¿Cómo podía haber olvidado alguno? Se había quedado hasta muy tarde para asegurarse de que cada uno de ellos estaba pegado en su sitio. Se dirigió hacia Rocky y Frank.

—¿Quién de ustedes se los robó? ¡Me los dan ahora mismo! —extendió la mano.

—¡Yo no hice nada! ¡De verdad, Judy! —dijo Rocky.

En cambio, Frank estaba masticando algo. Y ese algo no era chicle. Ese algo eran las figuras de pasta de su juego.

—¿¡Te las comiste!? —gritó Judy.

—Me dio hambre por estar aquí de pie haciendo de bandera —farfulló Frank.

—¡Ay! ¡Usa el coco, Frank! —dijo señalándole la cabeza—. Esas figuras no estaban ni hervidas.

—¿Y qué? —replicó Frank—. Aun así saben bien.

—¡Guácala! —exclamó Judy—. Tenían PEGAMENTO. Voy a decirle a todo el mundo que tú, Frank Pearl, te comiste el pegamento.

—¿Y qué? Todos lo pensaban ya, de todas formas.

—¡Grrr-llini! —rugió Judy en italiano.

❁   ❁   ❁

La Torre Inclinada de Mesitas de Pizza se había derretido. El juego de Figuras de Pasta había sido devorado. Dar la vuelta al mundo en ocho días, definitivamente, no era fácil.

Pero nada podría arruinar la tarantela. Nada. Tenía que ser perfecta. ¡Si no se le hubiera olvidado el ensayo aquel sábado...! Ahora ella, Judy Moody, bailaría la tarantela sola. Como había predicho su galletita de la fortuna.

Rocky pondría el disco. Frank sacudiría la pandereta. Y Jessica Finch la acompañaría con las palmas.

No podía confundirse, o la mitad de Tercero se enfurecería porque no habrían dado la vuelta al mundo en ocho días.

Mientras todos terminaban el juego de Figuras de Pasta, el señor Todd fue corriendo los pupitres y las cosas hacia la esquina para que Judy tuviera mucho espacio.

—Lista-la-pista —dijo Judy—. Ahora voy a bailar la tarantela.

—¿La tarántula? —preguntó alguien.

—No, la "tarántula", no —corrigió Frank.

—Bueno, de hecho, no lo van a creer, pero ya lo comprobé. ¿Quién lo iba a decir?: "tarantela" significa "tarántula". Seguro y requeteseguro. Mi padre me dijo que el baile empezó hace mucho tiempo, antes de que él incluso hubiera nacido, en la Edad Media.

Los dos maestros se rieron. Judy levantó la bolsa con la piel de tarántula. Todos se estremecieron.

—No se preocupen. No es una araña de verdad. Es sólo la piel o el esqueleto de una tarántula. Éste se llama el Baile de la Araña. Algunos dicen que empezó porque si te pica una tarántula, te comportas como si estuvieras chiflado y te mueves para sacar el veneno de la picadura de tu cuerpo. Un médico incluso escribió sobre ello, y dijo que esta danza curaba las picaduras de araña.

—Qué interesante —dijo el señor Todd.

—Una araña tiene ocho patas, así que normalmente hacen falta para bailarlo cuatro personas —prosiguió Judy, dirigiendo la mirada a Rocky, Frank y Jessica.

—Judy —intervino el señor Todd—, ¿por qué no nos lo enseñas? Así podremos llamar a otros para que salgan y lo intenten bailar contigo.

—*Geniale!* —contestó Judy en italiano.

Rocky puso el disco. Judy se encontró frente a todo Tercero. Extendió las manos en el aire. Frank empezó a sacudir la pandereta. Jessica Finch hacía palmas. Judy tomó aire profundamente.

"Despacito y buena letra", se dijo a sí misma.

Da da da, du da da da,

Da da da-da-da-da-du...

Paso, salto a la pata coja y a un lado. Paso, salto a la pata coja y a un lado. Cambiar de paso. Brinco. Palmada en la rodilla. Y otra vez. Ahora empieza la diversión. Y vuelta entera.

"Uno, dos, tres y cuatro", contó para sí.

Intentó recordar todos los pasos que había ensayado. Intentó acordarse de modificar el sentido del baile cuando cambió la música. Intentó seguir el ritmo de la canción conforme se volvía más rápida.

Paso-salto-lado. Paso-salto-lado. ¡Cambio! ¡Paso! ¡Saltito! ¡Brinco! ¡Palmada en la rodilla! ¡Otra vez!

Da da da, du da da da,

Da da da-da-da-da-du...

¡Algo no estaba bien! ¡La música iba muy rápido!

Judy hizo que sus pies fueran más y más deprisa, hasta que sintió un horrible

mareo en la cabeza y se le metió el pelo en la boca.

—¡Demasiado... uf... uf... rápido! —jadeó—. ¡Ponlo... uf... uf... más lento! ¡Uf, puf, puf!

Pero nadie parecía oírla. La música se aceleraba más y más. Frank tocaba la pandereta más deprisa que un terremoto. Judy daba vueltas y vueltas, como una ruleta rusa enloquecida. Sus pies se movían tan veloces que se sentía igual que una araña de ocho patas.

Toda la clase hacía palmas y gritaba y se reía y la señalaba. El señor Todd hizo parpadear las luces. Judy danzaba como un trompo fuera de control; una máquina de bailar roja, blanca y verde, y mareada.

De pronto se dio contra un pupitre, tropezó con su propio pie y cayó al suelo en un revoltijo de color rojo, blanco y verde.

—Ay... ¿Estaba demasiado rápido? —preguntó Rocky inocentemente.

—*Imbecille!* —dijo Judy entre dientes.

Ella, Judy Moody, sabía que Rocky y Frank habían acelerado la música de la tarantela a propósito.

Todo estaba claro: rojo, blanco y verde, de envidia.

Comepizzas unidos
jamás serán vencidos

La tarantela había resultado un estrepitoso fracaso. Nadie con dos piernas podía bailar tan rápido como una araña de ocho patas. Los chicos de Tercero no habían conseguido dar la vuelta al mundo en ocho días. Y todos la culparían, ¡aunque se le hubieran caído las piernas de bailar!

Ella, Judy Moody, había arruinado todo.

Había sido por culpa de Rocky y Frank. Rocky Notehabloqui y Frank el

Patank. El club de Mi Nombre NO Es Un Poema.

Después de que la otra clase de Tercero saliera del aula, el señor Todd tuvo una charla en privado con Judy, Rocky, Frank y Jessica. Les habló de lo que significaba trabajar juntos en equipo. Quería que solucionaran sus diferencias y que se dieran entre sí una segunda oportunidad. Pero, sobre todo, quería darles a ellos una segunda oportunidad.

—¿Y yo tengo que tener una segunda oportunidad? —preguntó Jessica—. Porque creo que he intentado trabajar en e-q-u-i-p-o.

—¿Saben una cosa? —les dijo el señor Todd—. En Italia hay un refrán que dice:

"Para hacer una tortilla hay que romper unos cuantos huevos".

—¿En serio?

—Totalmente en serio —respondió el maestro—. Las cosas a menudo salen mal antes de salir bien. Es muy común.

—Yo he oído hablar del "quebrantahuesos", pero nunca del "quebrantahuevos" —dijo Jessica.

—Chicos, ¿qué les parece si les doy hasta mañana por la mañana para hacer de nuevo su parte del trabajo de la vuelta al mundo?

—¿O sea, que podemos inventar todavía algo más de nuestro proyecto de Italia y traerlo mañana por la mañana? —preguntó Rocky.

—¿Y aún seguiríamos dando la vuelta al mundo, aunque nos tomara ocho días y medio? —preguntó Frank.

—No veo por qué no —explicó el señor Todd—. A Nellie Bly también le salieron mal muchas cosas en su viaje alrededor del mundo.

—Sí, hubo una tormenta horrible que casi no la dejó regresar a América a tiempo —afirmó Jessica.

—¡Y McGinty, su mono, se asustó y saltó sobre la espalda de una señora! —añadió Judy—. Todos dijeron que el mono traía mala suerte, ¡y trataron de que Nellie lo echara por la borda!

—Así es —dijo el señor Todd—. Así que, ¿qué opinan? ¿Aceptan el reto?

—¡Ése es el reto! —exclamaron Rocky y Frank.

Rocky se volvió hacia Judy.

—Sentimos que hicieras todo el trabajo y que te echáramos a perder el baile —se disculpó Rocky—. ¡Ibas RAPIDÍSIMO! ¡Tan rápido que parecía que tenías ocho patas!

—Y sentimos habernos comido tus figuras de pasta, y también habernos enojado —dijo Frank—. Lo arruinamos todo.

—Yo también arruiné todo —afirmó Judy—. Fui yo quien se perdió el ensayo. Sólo podía pensar en el club Mi Nombre Es Un Poema, y creo que me olvidé de mis viejos amigos.

Judy extendió la mano. Rocky y Frank amontonaron las suyas sobre la de Judy.

—¡No se olviden de mí! —dijo Jessica, poniendo su mano en lo alto de la montaña de manos.

❧   ❧   ❧

Benissimo! Geniale! Judy no podía aguantarse las ganas de contarle a Amy Namey que, después de todo, las dos clases iban a seguir dando la vuelta al mundo en ocho días (y medio).

Rocky y Frank tuvieron que pensar en un proyecto. Rápido. Y Judy y Jessica ni siquiera tuvieron que ayudar. El señor Todd dijo que los chicos tenían que prepararlo solos.

—Entonces, ¿qué van a hacer? —les preguntó Judy.

—Es una sorpresa —afirmó Frank.

—Es una noticia sensacional de verdad —dijo Rocky.

—Bueno, más vale que no sea la Torre Inclinada de Mesitas de Pizza otra vez, porque la mitad de mi colección se derritió.

—No, será mejor.

—¡Será grandioso! —exclamó Rocky.

—¡Será rojo, blanco y verde! —gritaron Rocky y Frank al mismo tiempo, soltando fuertes risotadas.

—¿Es... el Grinch... en un camión de bomberos?

—Ya verás —dijo Rocky.

—Ya verás —repitió Frank.

—¡Suerte, mis queridos quebrantahuevos! —exclamó Judy.

☙ ☙ ☙

A la mañana siguiente, Rocky no estaba en el autobús. Y Judy se moría por enseñarle la carta y la foto que había recibido de Nathaniel Daniel, de California.

Cuando Judy llegó a la escuela, corrió hasta la clase de Amy.

—¡Mira lo que tengo! —le dijo a Amy Namey.

—¡Es un muro del Callejón del Chicle!
—señaló Amy.

—Míralo más de cerca.

Amy observó detenidamente la foto y
encontró las iniciales JM hechas con chicle masticado.

—¡JM de Judy Moody! ¡Estoy en el Muro
de Chicle! —gritó Judy—. ¡En el Rincón de
la Fama del Chicle!

—¡Requeteverificado!

—Oye, ¿has visto a Rocky? ¿Y a Frank? —le preguntó Judy a Jessica Finch cuando entró a clase.

—¿No te enteraste? Los dos llegaron aquí supertemprano y han estado abajo, en el comedor, toda la mañana. Me muero de ganas de descubrir qué se traen entre manos.

La clase entera estaba murmurando sobre la gran noticia. Rocky y Frank incluso faltaron a Ciencias.

Al fin, los dos subieron las escaleras y regresaron a la clase. Le dijeron al señor Todd y a la señorita Valentine que condujeran a todos al comedor en cinco minutos.

—¿QUÉ ES? —preguntó Judy, corriendo hasta ellos.

—¡No lo vamos a decir! —respondieron.

Las dos clases fueron por el vestíbulo en fila india y bajaron las escaleras hasta el comedor. Pudieron oler la noticia antes de verla. Todos se repartieron por las mesas.

El proyecto era tan grande que no cabía a través de la puerta, así que las cocineras tuvieron que ayudarles a pasarlo por la ventana ancha de la cocina. Iba delante una cocinera, después Rocky, luego Frank y, por último, otra cocinera. Sostenían las manos por encima de sus cabezas, y encima llevaban el trozo más grande de cartón que Judy había visto en su vida.

—¡Mmmmm! —exclamó Jessica Finch.

—¡Huele bien! —dijo Judy.

—¿Qué es? —preguntaron todos.

Hizo falta juntar seis mesas para apoyarlo completamente. Entonces bajaron el cartón hasta ponerlo sobre las mesas. Sobre él estaba la pizza más grande, más burbujeante, más "quesuda" y más rica del mundo.

—¿Qué es rojo, blanco y verde? —preguntó Frank.

—¡La pizza más grande del mundo! —anunció Rocky—. ¡Salsa de tomate roja, queso blanco y pimientos verdes!

—¡Increíble! —afirmaron todos.

—Ajá —dijo Rocky—. Por lo menos es la pizza más grande de la escuela Virginia Dare. Mide un metro ochenta de ancho, y

usamos trece kilos y medio de masa y dieciséis y medio de queso.

—¡Esa pizza pesa más que yo! —gritó Judy.

—En realidad —aclaró Frank—, la verdadera pizza más grande del mundo es del tamaño de un estacionamiento.

—¡Pero éste es el mayor mapamundi de pizza del mundo! —dijo Rocky.

—¿Qué? ¿Cómo?

Se reunieron todos alrededor de la pizza y la observaron más de cerca. Era grande y redonda como un planeta, y el queso estaba amontonado formando cinco divertidas formas. Una para cada continente. ¡Como un mapamundi! Tiras de pimientos verdes trazaban una ruta desde América del Norte hasta el extremo de Asia.

—¡Ya entendí! ¡Es un mapa!

—¡Es la Tierra!

—¡Estoy viendo América del Norte!

—¡Yo veo Italia! Tiene forma de bota — dijo Judy.

—¡Mira! —exclamó Amy Namey—. El mapa de pizza muestra la ruta de Nellie Bly alrededor del mundo.

—¡Es verdad! Son todos los lugares que visitamos en ocho días y medio —convino Judy.

Amy Namey sacó su carpeta.

—Voy a ser la primera en conseguir la gran exclusiva —le contó a Judy—. ¡Escribiré esto en mi periódico!: "EL MAYOR MAPAMUNDI DE PIZZA DEL MUNDO EN LA ESCUELA VIRGINIA DARE".

—Que no se te olvide poner: "¡TER-CERO DA LA VUELTA AL MUNDO EN OCHO DÍAS Y MEDIO!" —añadió Judy.

—Ocho días y medio, dos horas, trece minutos y veintisiete segundos —indicó Amy, mirando sus dos relojes.

—¡Verificado! —gritaron Rocky y Frank, imitando a Amy Namey.

—Geniale! —exclamó Judy.

—¡Al ataque! —dijo una de las cocineras—. Hay más que suficiente para todos.

—¡Hay más que suficiente para comer pizza todos los días durante una semana! —comentó Rocky.

—¿Comer pizza todos los días? ¡Les dije que era posible! —se rió Amy Namey.

Benissimo!

Judy, Rocky, Frank y Amy tomaron un trozo cada uno. Un hilo de queso pegajoso se estiró desde el pedazo de Rocky hasta el de Frank, el de Amy y el de Judy.

—Eh, ¡estamos conectados! —gritó Judy.

—¡El club de los Comepizzas Unidos! —dijo Frank.

—¡Chévere al cuadrado! —señaló Rocky.

—¡Mmmm al cubo! —dijo Frank.

—¡Verificado cuádruple! —exclamó contenta Amy Namey.

Y los cuatro amigos se rieron y se llenaron de manchas rojas, blancas y verdes. Se sentaron y se comieron la pizza más grande, con más queso y más *deliziosa* del mundo. Seguro y requete*sicurissimo*.

EL MACARRÓN

PERIÓDICO DE LA ESCUELA VIRGINIA DARE

LA VUELTA AL MUNDO EN OCHO DÍAS Y MEDIO

MURO DE CHICLE

NUEVOS MIEMBROS DEL CLUB
MI NOMBRE ES UN POEMA

LA AUTORA

Megan McDonald es la galardonada autora de la serie Judy Moody. Dice que la mayor parte de las historias de Judy surgieron a partir de anécdotas de su infancia con sus cuatro hermanas. La autora confiesa: "Yo soy Judy Moody. ¡Igual-igual! Mis hermanas y yo éramos famosas por exagerarlo todo. Judy Moody soy yo... exagerada". Megan McDonald nació en Pensilvania y vive con su esposo en el norte de California.

EL ILUSTRADOR

Peter H. Reynolds dice que siente una conexión directa con Judy Moody porque "tengo una hija, y he sido testigo de primera mano de las aventuras de una niña muy independiente". Peter H. Reynolds reside en Massachusetts, al final de la calle donde vive también su hermano gemelo.

Judy Moody está de mal humor, de muy mal humor

Megan McDonald

Ilustraciones de Peter H. Reynolds

¡Judy Moody se vuelve famosa!

Megan McDonald · Ilustraciones de Peter H. Reynolds

Judy Moody adivina el futuro

Megan McDonald · Ilustraciones de Peter H. Reynolds

ibros de Judy Moody?

¡Judy Moody y sus
aventuras te van a poner
de muy buen H-U-M-O-R!